L'ALIBI

Ce texte est paru en première publication
dans le magazine *Je bouquine* en janvier 2007.

ISBN 979-10-352-0344-3

Loi n° 49-956 du 16 juillet 1949
sur les publications destinées à la jeunesse

MIKAËL OLLIVIER

L'ALIBI

roman

Illustration de couverture :
Lucia Calfapietra et Nicolò Giacomin

EDITIONS
THIERRY
MAGNIER

Cela fait maintenant plus de vingt ans que **Mikaël Ollivier** écrit des livres et des films, et pourtant, il ne sait toujours pas comment l'on fait, ni pourquoi. C'est sans doute pour cela qu'il continue aussi passionnément. Parce qu'il est encore un débutant, et compte bien le rester.

Aux Éditions Thierry Magnier:

Premier rôle, coll. Grands romans (a remporté une mention spéciale du Prix Vendredi, 2023)
Bleu comme l'espoir, coll. Petite Poche.
Et si la mer était bleue, coll. Petite Poche.
Tu ne sais rien de l'amour, coll. Roman.
Trop fort, Victor !, coll. Petite Poche.
Le Monde dans la main, coll. Roman. (Prix des collégiens de l'Hérault 2012. Prix des lycéens allemands, 2013.)
Sur un arbre perché, coll. Petite Poche.
Tsunami, coll. Petite Poche.
Tout doit disparaître, coll.Roman.
Hier encore, mon père était mort, coll. Roman.
Le Grand Mystère, coll. Petite Poche.
Frères de sang, coll. Roman. (Prix Silure 2007 ; Prix Gavroche 2008 ; Prix de Sucy 2007 ; Prix Encre Noire 2006 à Caen ; Prix Roman Jeune 2004 à Laval ; Prix Fiction Noire 2004 ; Prix Romanphile 2004 ; Prix des collèges du Territoire de Belfort 2004 ; porté à l'écran.)
Sous le même signe, coll. Roman. (Prix Croque Livres 2007.)
Peau de lapin, coll. Petite Poche.
E-den, coll. Roman, avec Raymond Clarinard, 2004. (Prix de la NRP 2004 ; Prix du Festival du livre de jeunesse de Cherbourg-Octeville 2005 ; Prix Sésame 2005 ; Prix Livre d'Or des jeunes lecteurs valenciennois ; Prix du Printemps des lecteurs 2005 à Narbonne ; Prix Dunois 2005 ; Prix François-Rabelais 2005 ; Prix L'Été du livre à Metz 2005 ; Prix des lecteurs de Sablé-sur-Sarthe 2006 ; Prix des collégiens de Beauvaisie 2007.)
T'es un grand garçon maintenant, coll. Petite Poche.
Mange tes pâtes !, coll. Petite Poche.
Star-crossed lovers, coll. Roman. (Prix du Roman miroir 2003 ; Prix J'ai lu J'élis 2004 ; Prix de la ville de Bruxelles 2004 ; Prix Farniente 2005.)
Vivement jeudi !, coll. Petite Poche. (Prix Le Livre élu en Livradois-Forez 2004)
Tu sais quoi ?, coll. Roman. (Prix Festilivres 2003 ; Prix du Festival du livre de jeunesse de Cherbourg-Octeville 2003.)
La Vie, en gros, coll. Roman. (Dix-sept prix littéraires, dont le Prix des Incorruptibles 2002 ; porté à l'écran.)
Premier de la classe, album, avec Martin Veyron.
Papa est à la maison, coll. Roman. (Prix de l'Esterel 2001.)

Littérature générale:

Apprendre à marcher aux enfants, éd. Le Passage.
Quelque chose dans la nuit, éd. Le Passage.
La Promesse du feu, éd. Albin Michel. (Porté à l'écran.)
Bruce Frederick Springsteen, avec Hugues Barrière, Le Castor Astral Éditeur.
Noces de glace, éd. Albin Michel. (Porté à l'écran.)
L'Inhumaine Nuit des nuits, éd. Albin Michel. (Prix Polar derrière les murs 2006.)
La Fièvre bâtisseuse, éd. Thierry Magnier.
Trois souris aveugles, éd. Albin Michel. (Prix Polar 2003 ; porté à l'écran sous le titre *Une souris verte*.)

L'alibi a reçu le prix littéraire
des lycées professionnels
du Haut-Rhin 2009.

ALIBI
n. m. (mot latin : *ailleurs*)
Moyen de défense par lequel un suspect, un accusé prouve sa présence, au moment d'un crime, d'un délit, en un autre lieu que celui où ils ont été commis.

Le Petit Larousse

Prologue

On m'a menti durant quinze ans. La politesse, la grammaire, le piano, les maths, l'anglais, l'espagnol seconde langue, l'histoire, la physique, l'éducation civique, le catéchisme et le bac tout au bout pour se préparer un avenir… Foutaises !

La seule chose qu'on devrait nous enseigner à l'école, c'est que la vie peut basculer en un clin d'œil.

Dans mon cas, ça n'a pas pris plus de trois jours.

1

Cet après-midi-là, je suis rentré plus tôt parce que mon entraîneur de rugby était malade. J'étais libre après la cantine, mais j'avais un peu traîné avec les copains avant de reprendre mon vélo. Externe au lycée Fénelon de La Rochelle, j'habitais avec mes parents une grande maison avec jardin à La Pallice, le port marchand de la ville. Vingt-cinq minutes en pédalant dur. Trente-cinq si je passais par le front de mer. À 16 h 30, j'arrivai donc dans ma chambre pour réviser un contrôle d'anglais. J'étais du genre bosseur : en seconde avec un an d'avance et 15 de moyenne générale. Il faut dire aussi que j'étais ambitieux. Je voulais devenir architecte, ici à La Rochelle, et vivre à la campagne avec des chiens et des chevaux, dans une grande maison forte avec des terres, comme la Massonne, un peu après Rochefort, où habitent les parents d'Ambre, une ancienne copine de classe.

Ma mère était partie pour une semaine à Albi parce que mamie avait eu un malaise. Du coup, comme mon père et moi sommes nuls en cuisine, on allait tous les soirs au resto. La veille, on s'était offert un cous-cous chez Brahim, notre ami qui tient Le Chenal, derrière la médiathèque. Une soirée vraiment sympa. La dernière.

À 16 h 35, j'ai entendu approcher un moteur qui, au bruit, ressemblait à celui de la voiture de mon père. Impossible à cette heure. Je me suis donc replongé dans Shakespeare quand la grille du jardin a grincé. J'ai fait rouler le fauteuil de mon bureau jusqu'à la fenêtre. C'était bien sa BM grise qui avançait dans l'allée de graviers.

J'ai dévalé les marches et j'ai trouvé mon père dans l'allée du garage. Les roues et le bas de caisse de la voiture étaient couverts de boue.

– Salut p'pa ! Comment ça se fait que t'es déjà là ?

Il s'est retourné brusquement et m'a répondu :

– Et toi ? Tu devrais pas être au lycée ?

– Pas d'rugby. T'as fait du tout-terrain, ou quoi ?

Il a hésité un instant avant de répondre :

– J'avais un rendez-vous avec un client à la campagne. Et avec la flotte qui est tombée la nuit dernière, je me suis embourbé.

J'ai regardé ses chaussures crottées et j'ai vu du sang sur son pantalon.

– Tu t'es blessé ?

– Rien de grave. Juste une égratignure.

Il est parti ouvrir la porte du garage, et même s'il essayait de le cacher, j'ai trouvé qu'il boitait fort.

Je me suis alors penché en découvrant un gros choc sur l'aile avant gauche de la voiture. Je savais qu'il n'y était pas deux jours plus tôt puisque j'avais lavé la BM le week-end précédent, en rentrant de notre virée sur l'île de Ré où, tout près de la plage de Rivedoux, nous avions une petite cabane dans laquelle nous entreposions cannes à pêche et planches à voile.

La voix sèche de mon père m'a fait sursauter :

– T'as pas de devoirs à faire ?

– Si si ! J'y vais ! j'ai répondu en m'étonnant de cette brusquerie inhabituelle.

Ce soir-là, on s'est contentés d'une pizza surgelée. Mon père était tendu, nerveux, et il n'a pas dit plus de trois mots de la soirée. Sauf au téléphone, à voix basse, avec maman d'abord, puis avec deux collègues de boulot.

Après notre dîner express, je l'ai entendu qui lavait la voiture. Ça ne lui ressemblait pas, mais après tout, il avait peut-être eu une mauvaise journée au travail et il avait bien le droit d'être bizarre et de mauvaise humeur !

Moi, j'ai regardé distraitement les infos. Rien ne s'était passé dans le monde de plus que les autres jours, sauf une fusillade dans une ville dont je n'ai pas entendu le nom. Trois personnes avaient été tuées : un policier, une passante et l'un des malfrats.

J'ai coupé la télé et suis monté exterminer quelques poignées d'aliens sur mon PC.

Si j'avais su, j'aurais mieux employé ces dernières heures de vie normale. J'étais encore un adolescent comme les autres, heureux sans même m'en rendre compte dans une existence paisible avec des parents ordinaires.

Plus pour longtemps.

2

J'ai mal dormi, cette nuit-là, entendant dans mon sommeil des moteurs de voitures, des portières qui claquent, des sonneries de téléphone, des voix, une dispute.

Au réveil, je n'étais pas certain d'avoir rêvé tout ça.

Il était 6 h 42 et ma mère était dans la cuisine alors qu'elle aurait dû être encore à Albi.

Quand je suis entré, les regards de mes parents m'ont saisi. Ils étaient durs, sombres, presque agressifs. Ils se sont très vite repris et maman s'est avancée vers moi pour me déposer un baiser sur le front.

– Qu'est-ce que tu fais là ? j'ai demandé.

– Tu n'es pas content de me voir ?

J'ai haussé les épaules avant d'embrasser

mon père et de sortir la brique de lait du frigo.

Ils n'ont plus dit un mot de tout le temps qu'il m'a fallu pour avaler mes céréales. La radio était allumée sur France Inter mais ma mère l'a brusquement éteinte quand ont débuté les infos de 7 heures.

– J'ai rêvé ou il y a eu du bruit, cette nuit ? j'ai alors lancé, plus pour rompre le silence qui devenait embarrassant que par réel intérêt pour la question.

– C'est sans doute moi en rentrant, m'a dit maman. Désolée de t'avoir réveillé.

– C'est rien. Mais j'avais cru entendre d'autres voix. Au fait : comment va mamie ?

– En pleine forme. C'était une fausse alerte, tu la connais ! C'est pour ça que je suis rentrée... avant de m'énerver pour de bon.

J'ai levé les yeux au ciel pour confirmer que je connaissais par cœur les prétendus malaises de ma grand-mère. À sans arrêt se plaindre pour des riens, elle m'a toujours fait penser à cette histoire qu'on raconte aux enfants dans laquelle un jeune berger crie au loup parce qu'il s'ennuie et dont les moutons ou les chèvres, je ne m'en souviens plus, se font finalement exterminer sans que personne ne vienne à son secours parce que tout le monde croit à un nouveau mensonge.

– Mais pourquoi t'as roulé de nuit ? j'ai demandé à maman qui a fait celle qui n'entendait pas en partant prendre sa douche.

Papa, lui, restait silencieux, le regard dans le vide. Il a sursauté quand son portable a sonné et, en boitillant, est sorti pour répondre. Entre deux fracas des céréales croquantes que je m'étais resservies, mes oreilles ont capté quelques morceaux de phrases : « C'est rien, un toubib est passé cette nuit… Juste une égratignure, j'ai eu beaucoup de chance, quelques millimètres plus à gauche et… Je m'occupe de la bagnole, t'en fais pas… En lieu sûr… T'en fais pas, j'ai dit… Je contrôle la situation, Marc… Tu fais chier, Marc ! »

Papa devait avoir des ennuis au travail. Comme il n'en parlait jamais, le sujet ne me passionnait pas et je suis monté me préparer.

Quelques heures plus tard, dans la cour du lycée, tout le monde ne discutait que de la fusillade des infos télévisées. C'est ainsi que j'ai appris qu'elle s'était déroulée à seulement quelques kilomètres de La Rochelle, à Marans, une petite ville que je connais bien.

– Le journaliste a dit une Mercedes ! a précisé Damien.

– Non, une BMW, a corrigé Hugo.

– En tout cas c'était une bagnole allemande gris métallisé, a enchaîné Patricia. Personne n'a eu le temps de relever le numéro de sa plaque, et c'est en prenant la fuite qu'elle s'est mangé la vioque !

– Morte sur le coup ! Paw ! a renchéri Damien. Et le flic, lui, il s'est pris une bastos en pleine poitrine.

– Avant, il avait quand même abattu l'un des types.

– Et son collègue a blessé celui qui s'est enfui. Il l'a touché à la jambe gauche.

– Droite.

– Non, non : gauche. Ils l'ont dit à la radio.

– Sur le Net, c'est la droite.

– Paraît que c'est des mecs de la région, a dit Patricia. Des trafiquants de drogue qui avaient une planque à Marans. Les flics étaient sur le coup depuis des semaines, mais là, ils se sont fait repérer…

Toutes ces informations ont ensuite tourné dans ma tête pendant mes heures de cours, en tache de fond, comme on dit en techno. Je n'y pensais pas vraiment, mais c'était là, quelque part derrière la voix des profs, les notes griffonnées sur mes cahiers, les paragraphes lus dans les livres…

À 5 heures, Patricia a voulu aller prendre un pot, mais j'ai refusé. Je savais de moins en moins comment me comporter avec elle depuis qu'elle m'avait avoué son amour. Des fois, c'est compliqué la vie : Damien est fou de Patricia mais elle ne veut pas de lui parce qu'elle est amoureuse de moi qui suis raide dingue de Samira qui veut sortir avec un type de terminale. Résultat : tout le monde est seul ! C'était beaucoup plus simple en primaire, quand les garçons étaient censés détester les filles et vice versa.

Une demi-heure plus tard, quand je suis arrivé à La Pallice, la maison était vide. Curieusement, je ne me suis pas contenté d'appeler pour savoir s'il y avait quelqu'un mais j'ai fait le tour des pièces. J'étais nerveux, sans vraiment savoir pourquoi. J'ai allumé la radio pour écouter les infos et j'ai appris deux choses : c'était à la jambe gauche que le bandit qui était parvenu à prendre la fuite à Marans avait été blessé, et la police quadrillait la Charente-Maritime à la recherche d'une BMW 520 D gris métallisé dont l'aile avant gauche devait être accidentée.

J'ai éteint le poste et suis resté immobile pendant un long moment. Sans même m'en rendre compte, une première association d'idées a fait germer en moi l'embryon d'un doute. Trois fois rien, plus un jeu de l'esprit, mais en entendant les détails sur la voiture du fuyard de Marans, je me suis mis à penser à papa.

Des BM grises, même des série 5, il devait y en avoir des dizaines, ne serait-ce qu'à La Rochelle, et pourtant, en me répétant que j'étais un idiot, comme je le faisais enfant, la nuit, quand j'étais persuadé qu'il y avait un monstre sous mon lit, je suis monté dans la salle de bains. C'est ça les idées : même les plus absurdes, une fois qu'on les a dans la tête, elles sont impossibles à chasser. Et il y en a certaines qu'il vaudrait mieux ne jamais avoir…

Je n'ai pas trouvé ce que je cherchais dans le panier à linge sale, ni ensuite dans la chambre de mes parents. Dans la buanderie, à l'entresol, la machine à laver était vide, ainsi que le sèche-linge et le fil dans le jardin. Aucune trace du pantalon que portait papa la veille et sur lequel j'avais vu du sang.

Je me suis arrêté pour réfléchir et j'ai fini par me dire qu'il devait être déchiré et que mon père l'avait jeté. Affaire classée.

Pourtant, au lieu de remonter vers le salon, je me suis dirigé vers la porte qui menait de la buanderie au garage. J'ai hésité avant de l'ouvrir, comme si je redoutais ce que j'allais y trouver. Enfin, j'ai poussé la porte.

La BMW était là, ce qui n'était pas inhabituel car quand il faisait beau, mon père allait au travail avec la Twingo de maman qui, tenant une boutique d'antiquités en centre-ville, préférait prendre son vélo. Je n'en suis pas moins resté bouche bée à l'entrée du garage, car de gris métallisé, la voiture était devenue noire.

Le cœur battant trop vite, j'en ai fait prudemment le tour, comme si la BM risquait de me mordre, et je me suis penché sur l'aile avant gauche. Je n'y ai rien trouvé. Plus trace du choc aperçu la veille. Pourtant persuadé que je n'avais pas rêvé, j'ai passé doucement la main sur la carrosserie et j'ai fini par sentir sous mes doigts l'endroit où on avait redressé la tôle.

Je commençais à peine à mettre de l'ordre dans les questions qui se bousculaient dans ma tête que j'ai entendu un grincement derrière moi.

3

– Tu cherches quelque chose ?

J'ai eu tellement peur que j'ai mis plusieurs secondes avant de reconnaître la voix de mon père. Elle était étrange, presque étrangère, sourde, quasi menaçante.

J'ai cherché fébrilement dans ma tête une excuse avant de me dire que je ne faisais rien de mal et que je n'avais aucune raison de justifier ma présence dans le garage.

– Non, non, j'admirais la nouvelle couleur de la voiture ! j'ai finalement répondu d'une voix volontairement provocante.

Mon père a regardé ma main qui était encore posée sur la carrosserie et que j'ai brusquement retirée comme si je m'étais brûlé.

– T'es pas au boulot ? j'ai ajouté pour me donner une contenance.

– Apparemment pas, a répliqué sèchement mon père.

Je ne comprenais rien à la scène que nous étions en train de jouer. Papa se comportait bizarrement, et moi aussi. Quelque chose s'était passé, s'était glissé entre nous depuis la veille et je n'en saisissais que les conséquences, pas la cause.

– Et ta jambe, ça va mieux ?

– C'est un interrogatoire ?

Cette fois, je n'avais pas rêvé : il était franchement agressif. Je l'ai fusillé du regard et je suis parti sans un mot.

Une fois dans ma chambre, je me suis allongé sur mon lit, entre la colère et la tristesse. C'était la première fois que papa me parlait durement sans raison, sans que je l'aie provoqué ou qu'une bêtise de ma part ne justifie une engueulade.

Mes parents étaient du genre faciles, ouverts, affectueux mais pas collants. Bon nombre de mes copains auraient été ravis de les échanger avec les leurs, à commencer par Patricia, flanquée d'un père aussi marrant qu'un cornichon sans vinaigre et d'une mère assortie.

Je m'étais toujours parfaitement entendu

avec papa, et on faisait plein de trucs ensemble. On pêchait, on nageait, on allait au phare des Baleines en vélo le dimanche… Souvent, il m'accompagnait quand j'avais des matchs de rugby avec l'équipe du lycée, même à l'autre bout du département, et il était le plus fervent de nos supporters. Alors qu'est-ce qui nous prenait de nous chamailler ? De nous toiser du regard ? Et moi, qu'est-ce que j'avais à tourner dans ma tête des idées aberrantes, à me demander pourquoi le pantalon taché de sang avait disparu, pourquoi la voiture avait été repeinte et réparée aussi vite, sans même l'intervention de l'assureur ? Pourquoi mon père n'allait plus à son travail depuis deux jours ?

J'ai soudain retenu ma respiration en entendant des pas monter l'escalier. Mon rythme cardiaque a piqué un sprint quand on a frappé à la porte de ma chambre. Et puis quoi, encore ? Depuis quand j'avais peur de mon propre père ?

En me traitant mentalement d'abruti cosmique, je lui ai dit d'entrer.

Il s'est avancé dans la pièce, visiblement embarrassé, puis il a dit :

– Je voulais m'excuser, Nico…. Pardon pour tout à l'heure.

Il était déjà pardonné, et j'étais sur le point de présenter à mon tour des excuses quand il a continué :

– C'est le boulot. Ça marche pas fort en ce moment, et l'un de mes associés me cherche des poux dans la tête. Alors je suis à cran, mais c'est rien de grave…

– Pas d'problème, j'ai répondu.

Je n'ai rien trouvé de plus pertinent à dire et nous sommes restés l'un en face de l'autre tels deux imbéciles. Puis il s'est dirigé vers la porte.

Avant de sortir, il s'est retourné et m'a lancé :

– Je t'aime, Nico.

J'en suis resté stupéfait. Pas qu'il m'aime, mais qu'il me le dise ainsi, d'un coup. Il a soupiré, a regardé ses pieds puis a ajouté :

– Ne l'oublie jamais. Quoi qu'il se passe.

Il est sorti, me laissant debout au milieu de ma chambre, sidéré.

J'ai passé les deux heures suivantes à éviter consciencieusement de faire mon boulot pour le lycée. J'ai joué un peu sur mon PC, répondu au mail de Patricia qui me disait qu'elle m'avait trouvé soucieux tout l'après-midi et m'avait envoyé un poème en pièce jointe, lu les infos qui donnaient le nom du gangster qui s'était fait tuer à Marans, un certain Franck Briand, déjà connu des services de police, et passé un coup de fil à Manou, ma grand-mère Lucie, la mère de mon père, ma préférée, qui vit seule depuis la mort de Papou dans sa maison de Maintenon, à quelques kilomètres de Chartres.

J'ai aussi beaucoup réfléchi à cette habitude que j'avais, depuis toujours, de me raconter ma vie, de la fantasmer, d'imaginer des péripéties romanesques qui feraient de moi un héros plutôt qu'un enfant ordinaire. En primaire, influencé par les films d'aventures que je regardais à la télé, je m'inventais des scènes dans lesquelles, blessé (le plus souvent par une balle dans le bras), je me sacrifiais pour mon meilleur ami, lui disant d'une voix brisée par la douleur de me laisser mourir pour sauver sa propre vie. D'autres fois, toujours blessé à mort (mais encore au bras, car je soupçonnais qu'ailleurs, une balle devait faire très, très mal !), je volais au secours d'Isabelle, la jolie maîtresse remplaçante de CM1 dont j'étais secrètement amoureux. Plus tard, j'ai souvent imaginé la mort de mes parents dans un accident de voiture. Je n'avais pas du tout envie qu'ils disparaissent, mais j'aimais me projeter dans cette situation dramatique, me rêver orphelin, admiré et plaint de tous (et surtout des filles), affrontant mon triste destin avec dignité et courage.

Je m'étais toujours parlé seul, aussi, à voix haute, dialoguant avec moi-même, me lançant des défis idiots. Je l'avais encore fait quelques minutes plus tôt, dans ma chambre après l'accrochage avec mon père, à tourner bêtement ces idées qui faisaient de lui quelqu'un qu'il n'était pas et de moi, comme enfant, le héros de ma vie.

N'avais-je donc pas changé ? Ne grandirais-je jamais ? Avais-je encore besoin, à quinze ans, d'imaginer des drames pour me prouver que j'existais vraiment ?

Fatigué de réfléchir et commençant à sérieusement avoir faim, je suis descendu vers 19 h 30. Mon père était seul au salon, dans la pénombre, tous les volets du rez-de-chaussée fermés.

– Maman n'est pas là ? j'ai demandé.

– J'ai oublié de te dire qu'elle ne rentrait pas ce soir. Une amie qui a des soucis.

Qu'est-ce que c'était encore que cette histoire ? Quelle amie ? Je les connaissais toutes, les amies de maman et elle n'avait jamais passé la nuit chez aucune d'elles ! Pourquoi, soudain, mes parents faisaient des choses étranges dont je ne savais rien ?

« Stop ! » je me suis crié mentalement. Je n'allais pas recommencer avec mes questions débiles ! Surtout qu'une idée bien plus intéressante m'était venue :

– Et si on allait manger dehors ? J'ai pas cours demain ! Ce serait plus sympa que de se casser les dents sur les restes de pizzas qui traînent dans le frigo !

Mon père m'a regardé et m'a répondu :

– Pas ce soir, Nico.

– Allez, p'pa ! Ça te ferait du bien de bouger un peu…

– J'ai pas envie de sortir la voiture.

– Alors on y va en vélo ! Il fait super doux, on se croirait encore en été !

J'ai alors pensé à sa jambe blessée.

– À moins que tu aies trop mal ?

– Mal ?

– Ta jambe ?

– C'est fini. Vraiment rien de sérieux…

Et il a finalement accepté.

Sans nous concerter, nous avons opté pour l'itinéraire le plus long, et c'était bon de filer vers le vieux port en sentant la brise marine nous caresser le visage. Il avait fait une journée magnifique, ce jour-là, telle que je les aime à La Rochelle, avec une lumière transparente et un ciel d'un bleu très pâle.

Le soir tombait quand nous sommes arrivés sur le vieux port et les deux tours étaient encore caressées par une chaude lumière orangée.

Les restos étaient pleins de monde, trop pour nous, et nous avons préféré nous rabattre sur notre crêperie habituelle, près du marché couvert.

J'ai essayé de changer les idées à mon père en parlant du lycée et surtout de rugby, mais il était ailleurs, perdu dans ses pensées, dans ses soucis. Alors j'ai fini par aborder le sujet de son travail. C'était sans doute une erreur.

– C'est qui ce Marc avec qui tu parlais au téléphone, l'autre fois ? C'est lui l'associé qui t'emmerde ?

Mon père a immédiatement coupé court :

– T'as encore faim ? Tu veux une deuxième galette ou une crêpe sucrée ?

Je n'ai pas insisté.

– Une crêpe, ça ira…

Une fois la nuit tombée, la température nous a rappelé que l'été était bel et bien terminé. Je n'étais pas assez couvert et j'avais froid. En vélo, la route entre La Pallice et le centre-ville est toujours plus dure au retour qu'à l'aller et je crois que mon père a eu mal à la jambe. Nous avons croisé beaucoup de policiers en chemin, qui semblaient surveiller les voitures, et j'ai noté malgré moi que mon père avait tendance à accélérer quand nous passions à leur proximité.

Nous sommes arrivés à la maison à 22 h 10.

J'ai eu un pressentiment en voyant que la grille était mal tirée alors que j'étais certain de l'avoir fermée correctement.

À l'intérieur, tout était sens dessus dessous, les tiroirs vidés, les étagères renversées, les placards ouverts. Rien n'avait été épargné.

4

Nous sommes restés un moment sans rien dire, immobiles, choqués.

Puis mon père m'a attrapé par la manche pour me tirer vers la cuisine.

– Tu restes là jusqu'à ce que je revienne. Surtout, tu ne bouges pas.

Il est ressorti de la cuisine et je l'ai entendu fouiller dans son bureau puis en ressortir pour arpenter chaque recoin de la maison. En comprenant qu'il faisait le tour des pièces pour s'assurer qu'il n'y avait personne, j'ai pris peur. Pas une seconde je n'avais pensé que les cambrioleurs qui avaient saccagé notre maison pouvaient encore être ici, cachés quelque part à la cave ou à l'étage !

Les secondes qui ont suivi ont été épouvantablement longues. Il n'y a qu'une porte dans la cuisine, ouvrant sur le séjour, et la fenêtre donnant sur le jardin était fermée. Malgré cela, j'épiais chaque bruit, chaque grincement, imaginant qu'un homme cagoulé allait me sauter dessus d'un instant à l'autre. Même le ronflement du moteur du frigo se remettant en route m'a fait bondir. Après un moment, j'ai commencé à regarder intensément le placard à balais. Pour m'y être si souvent caché dans mon enfance, je savais qu'un homme pouvait y tenir debout sans problème. Soudain, la cuisine m'a semblé la pièce la moins sûre de la maison et j'ai senti la panique qui montait en moi. Et si l'intrus était là, tout près pendant que papa le cherchait à l'autre bout de la maison ? Je n'ai pas eu le temps de faire deux pas vers le séjour que je me suis retrouvé nez à nez avec mon père.

– C'est bon. Il n'y a personne.

– Il faut appeler la police ! j'ai crié, les nerfs tendus à craquer. Ils ont dit à la télé qu'il ne fallait rien toucher avant…

– Monte dans ta chambre, m'a interrompu mon père.

– Mais p'pa, je…

– Monte dans ta chambre, Nico. TOUT DE SUITE !

Le ton était sans appel et j'ai immédiatement obéi. En gravissant les escaliers, je l'ai entendu qui piquait une crise, en bas, donnant des coups de pied dans les objets renversés, enchaînant les jurons et répétant plusieurs fois « Les fumiers ! Les fumiers ! » d'une voix si violente qu'elle m'a fait frissonner.

La vision de ma chambre n'était pas faite pour me réconforter. Tout était par terre, mes livres, mes disques, mes vêtements… Mes posters avaient été déchirés, mon lit défait et le matelas éventré de plusieurs coups de couteau.

Je me suis assis pour essayer de me calmer. Mes mains tremblaient à l'idée de ces inconnus qui avaient violé notre maison pendant que nous dînions en ville. Nous aurions vraiment pu rentrer plus tôt et tomber sur eux ! Sans doute cela s'était-il joué à quelques minutes ? Que se serait-il passé alors ? Des types capables de retourner une maison de fond en comble étaient sans doute prêts à bien pire !

Je m'étais toujours senti en sécurité chez moi, dans la maison et dans cette chambre qui était mon domaine, mon repaire, et le voir dans cet état lamentable me donnait un profond sentiment de tristesse et de vulnérabilité.

J'ai sorti mon portable de ma poche et j'ai composé le numéro de maman. Je suis tombé sur sa messagerie et j'ai raccroché en me demandant avec colère où elle pouvait bien être. Puis j'ai à nouveau parcouru la pièce des yeux.

Rien n'avait disparu. Mon PC, ma montre, mon appareil numérique, ma coupe du championnat de rugby, tout était là. Renversé ou cassé, mais là. Pourquoi ?

En bas, j'avais eu le temps de voir que la télé n'avait pas été emmenée, ni la chaîne hi-fi, le lecteur de DVD ; que le vase en cristal de maman, s'il avait été brisé, n'avait pas disparu ! Alors quoi ? Nous n'étions pas des collectionneurs de tableaux de maîtres, nous n'avions pas un coffre rempli de bijoux inestimables... Et puis pourquoi découper le matelas de mon lit ? Taillader les coussins du canapé ? Vider mon tiroir à chaussettes ?

Pourquoi, sinon parce que ceux qui avaient fait ça n'étaient pas venus pour voler, mais pour chercher quelque chose.

J'ai entendu du bruit, au rez-de-chaussée, et après un instant de panique, j'ai compris que ce n'était que mon père qui essayait de remettre de l'ordre. Sans avoir appelé la police, je le notais au passage.

Je ne suis pas descendu l'aider, j'ai rangé ma chambre. En vérité, je n'avais pas envie de me retrouver en tête à tête avec mon père. Quelque chose n'allait pas chez lui, depuis peu, et je ne comprenais pas quoi. La seule chose que je savais, c'était que je préférais celui qu'il était avant d'être rentré à la maison cet après-midi-là, les chaussures pleines de boue et du sang sur son pantalon.

J'avais dû m'endormir malgré mon énervement puisque je me suis réveillé au milieu de la nuit, habillé sur mon lit.

Il n'y avait plus un bruit dans la maison et je suis resté un long moment sans bouger, le cœur battant. J'avais fait un rêve étrange que je ne parvenais pas à reconstituer totalement une fois réveillé. Plus que de son action, je me souvenais de son ambiance, lourde, pénible, angoissante. Un de ces rêves où l'on est incapable de parvenir à faire ce que l'on veut, où l'on trébuche en marchant, où l'on cherche sans fin son chemin. C'était peut-être beaucoup pour le soir, une crêpe chocolat banane chantilly ?…

J'avais chaud, et ma gorge était sèche. J'ai enlevé mes chaussures pour ne pas faire de bruit dans l'escalier et suis descendu boire un verre à la cuisine.

Mon père n'avait pas chômé : impossible de deviner ce qui s'était passé si on n'avait pas vu la maison en pagaille quelques heures plus tôt. J'allais entrer dans la cuisine quand un drôle de bruit m'a fait sursauter. Je me suis figé sur place, l'oreille tendue, et me suis retourné.

Mon père dormait sur le canapé du salon, dans les habits qu'il portait la veille, affalé sur le dos, un bras pendant, la main touchant par terre. Il ronflait doucement.

J'ai souri et j'allais entrer dans la cuisine quand un reflet bleuté a attiré mon regard. Je me suis avancé doucement pour m'arrêter devant le canapé. Il faisait sombre, et mes yeux ont mis du temps à identifier ce qu'un rayon de lune éclairait à la ceinture de mon père : la crosse noire et striée d'un pistolet.

5

Je n'ai sans doute pas assez de vocabulaire pour décrire ce qui s'est alors passé en moi. Une avalanche, un raz-de-marée d'émotions, d'incompréhension, de stupéfaction. Un soudain épuisement, aussi, qui m'a révélé combien j'étais tendu depuis deux jours.

Une fois dans ma chambre, je me suis d'abord assis sur mon lit, incapable de réfléchir calmement à ce que je venais de découvrir. Puis je me suis allongé en boule, mon oreiller serré contre mon ventre.

Mon père possédait un pistolet. Première nouvelle ! Trop de détails étranges s'étaient accumulés en quelques heures pour que je puisse un seul instant me convaincre qu'il s'agissait seulement d'une arme de défense contre d'éventuels voleurs. C'est pourtant ce que j'aurais aimé penser…

J'avais envie d'appeler ma mère, de lui parler, de lui demander de m'expliquer ce qui arrivait à mon père, ce qui nous arrivait, et, en quelques phrases rassurantes, comme elle avait toujours su le faire, de balayer mon angoisse. J'avais envie de dormir, aussi, pour oublier l'étau qui me serrait le crâne, la main géante qui me fouillait le ventre.

Il était 3 heures du matin, et si je n'ai pas retrouvé le sommeil, j'ai somnolé, à moitié conscient, mais l'esprit libéré des barrières de l'éveil. Ainsi, j'ai pu regarder en face les faits autour desquels je tournais fébrilement depuis bientôt deux jours.

Une fusillade avait eu lieu à quelques kilomètres de chez nous et un homme armé, blessé à la jambe, s'était enfui à bord d'une BM 520 grise qui avait percuté et tué une femme au passage avec son aile avant gauche. Le même jour, à peine soixante minutes plus tard, mon père était rentré à une heure tout à fait inhabituelle, blessé à la jambe, sa BM 520 grise accidentée. Depuis, il était nerveux, irritable, mystérieux, il avait fait repeindre la voiture, réparer à la va-vite son aile avant gauche, et avait un pistolet à la ceinture. Notre maison avait été mise à sac, fouillée de l'entresol au grenier.

À 5 heures, je suis sorti brusquement de ma torpeur avec cette phrase en tête : « Mon père est le fuyard de Marans ! »

C'était brutalement évident, incontestable.

Ne supportant plus d'être dans ma chambre, dans « ma » maison, j'ai enfilé un pull, glissé mon portable dans la poche de mon jean, pris mes chaussures à la main et suis descendu sur la pointe des pieds. J'ai sorti mon vélo du garage, empoché un trousseau de clés, enfilé mes chaussures une fois dehors et je suis parti en prenant bien soin de ne pas faire grincer la grille.

L'air matinal de ce début d'octobre était piquant. Était-ce pour cela que mes yeux ne cessaient de pleurer ?

Je pédalais vite, rageusement, à la fois grisé et inquiet de me trouver dehors alors que le reste du monde paraissait dormir. Ce n'était pourtant déjà plus tout à fait la nuit, et au-delà des lumières urbaines orangées, le ciel commençait à s'éclaircir à l'est. Seuls, derrière le silence engourdi des habitations, s'entendaient les bruits du port marchand, des grues, des conteneurs, des camions qui déchargeaient des marchandises ayant traversé les océans. J'avais toujours adoré notre quartier, ses odeurs marines de sel et de mazout, les silhouettes énormes des navires marchands à quai le long du môle d'escale, la présence étrange de l'ancienne base sous-marine datant de la Seconde Guerre mondiale, les silos à grains qui ressemblent à des châteaux et, au loin, le pont de l'île de Ré, perché entre ciel et mer…

Soudain, tout m'apparaissait étranger, inquiétant, hostile. Soudain, tout ce qui avait fait ma vie jusque-là semblait m'échapper.

J'étais déjà essoufflé quand j'ai attaqué la montée du pont. Pourtant, j'ai encore accéléré le rythme, debout sur mes pédales, méprisant le vent qui souffle ici quel que soit le temps, les muscles de mes jambes me brûlant un peu plus à chaque tour de roue.

La douleur et l'épuisement sont rapidement devenus insupportables mais j'ai tenu bon, comme pour me punir, me faire mal, m'empêcher de penser. Je n'ai croisé que deux voitures qui quittaient l'île à cette heure matinale ; je les ai entendues plutôt que vues tant mon regard était brouillé par un mélange salé de sueur et de larmes. Le vent en pleine face, la montée donnait l'impression de ne jamais devoir finir, et j'étais bien au-delà de mes forces quand je suis finalement arrivé en haut de la côte. Ma poitrine était un volcan en éruption, l'air que j'inspirais et que j'expirais m'arrachait de l'intérieur.

Je n'ai pas ralenti en entamant la descente. Mon vélo a pris de la vitesse et je me suis calé à l'arrière de ma selle, les épaules rentrées. L'air froid chassait les larmes de mes yeux. Bientôt, je roulais si rapidement que le vent sifflant à mes oreilles plaquait mes vêtements contre ma peau et me glaçait le visage et les mains.

J'allais trop vite, beaucoup trop vite. Mes garde-boue tremblaient, la dynamo gémissait plus aiguë que jamais, mes mains étaient crispées sur le guidon et les rambardes de sécurité du pont, toutes proches, n'étaient plus qu'un mur lisse et gris. J'avais conscience qu'à cette allure, une chute serait terrible. Je redoutais l'accident et pourtant je me refusais à freiner. J'étais ivre de vitesse, de danger. Je voulais sortir de moi-même.

Je ne sais par quel miracle, mais je suis arrivé entier en bas du pont. J'ai freiné progressivement, tout à coup prudent, affolé par ce que je venais de faire.

Je me suis arrêté sur le bord de la route et, en touchant le sol, mes jambes ont vacillé. J'ai marché avec lenteur en tenant le vélo par le guidon, me forçant à inspirer longuement pour retrouver mon souffle et chasser mon envie de vomir.

Après un temps, mes mains ont tout de même fini par cesser de trembler et je suis remonté sur ma selle.

Chaque coup de pédale a été un effort, mais ma destination était proche : notre « château », comme nous l'appelions, près de la plage de Rivedoux.

C'était un bout de terrain entouré d'une simple palissade en bois au fond duquel se trouvait une cabane juste assez grande pour y ranger des planches à voile, une tondeuse à gazon, des cannes à pêche, une table en plastique, quatre chaises et un barbecue. J'aimais cet endroit pour y avoir passé des heures de liberté, de bonheur simple avec mes parents dès que les jours commençaient à allonger.

Je suis descendu de vélo en arrivant à la barrière. Je ne m'étais pas trompé, tout à l'heure, dans mes réflexions ensommeillées : il y avait des traces de pneus dans la boue, et j'ai aussitôt revu dans ma tête l'état de la

BMW et des chaussures de mon père le jour de la fusillade. Il était tombé des trombes d'eau un jour et une nuit entiers, juste avant, et tout concordait : le jour de la fusillade, mon père était passé par là avant de rentrer à la maison.

J'ai poussé la barrière. Apparemment, il avait roulé jusqu'à la cabane.

J'ai suivi l'allée encore boueuse d'un pas rapide en sortant le trousseau de clés de ma poche. J'étais si nerveux que je m'y suis repris à trois fois pour actionner la serrure de la porte. Dès qu'elle a été ouverte, j'ai senti l'odeur familière de notre château, mi-campagnarde mi-marine, un mélange de parfums d'herbe et de mer. L'odeur de mon bonheur passé.

J'ai allumé la lampe de camping.

Par où commencer ?

J'ai fouillé à gauche en entrant, passé la main sur le mur derrière les affaires de pêche, puis j'ai bougé en vain la tondeuse. Il n'y avait rien non plus d'anormal derrière ni sous le barbecue, les chaises et la table. Nos deux planches à voile étaient posées sur des barres fixées sur le mur du fond. J'ai entrepris de descendre au sol celle du bas, la plus grosse. Elle était lourde, et très encombrante. Elle m'a échappé et l'avant a cogné fort par terre. J'ai posé l'arrière plus délicatement en équilibre sur son aileron et l'ai enjambé. J'ai tâté le mur et cru sentir quelque chose. J'ai cogné, comme on frappe à une porte, et très nettement, à un endroit, ça sonnait creux.

Cette cloison était dans une zone d'ombre, et je suis allé décrocher la lampe de camping.

Il y avait une trappe, presque invisible. J'ai réussi à en deviner les bords du bout des doigts puis à desceller trois planches de la cloison. J'ai avancé la lampe pour découvrir une sorte de niche dans le mur, une cache. Retenant ma respiration, je me suis encore avancé et le faisceau de la lampe a révélé trois pistolets, deux liasses de billets de banque et ce que je cherchais sans le savoir, que la police traquait sans doute, tout comme ceux qui avaient fouillé notre maison : un sac-poubelle rempli de sachets de poudre blanche.

6

Je ne me souviens pas d'avoir rangé puis fermé la cabane. J'ai dû le faire, pourtant, à la manière d'un automate, déjà plus moi-même.

À la plage, la mer était haute et commençait à peine à sortir de la nuit, sa surface lisse se confondant encore avec le ciel. Au large, au-delà des feux intermittents des balises et des phares, un cargo prenait le large, si haut que ses lumières semblaient celles d'un immeuble à la dérive.

J'ai posé mon vélo contre un arbre et, plus loin, me suis laissé tomber assis dans le sable.

Qu'étais-je venu faire ici ? Sans doute fuir ce qu'était devenue ma vie, et regarder le soleil se lever sur la mer pour me prouver que, malgré tout, le monde continuait de tourner.

Quand on l'observe intensément, le jour est long à se lever. Les étapes franchies sont imperceptibles, les premières couleurs sortent de la pénombre insensiblement, des nuances de plus en plus riches, mais par touches infimes.

Alors que mes yeux enregistraient ce spectacle, mon esprit feuilletait mon livre de souvenirs. Des images me revenaient, toutes liées à mon père. Je le revoyais sur la plage nord le jour où nous avons pris, exactement au même instant, chacun un bar de plus d'un kilo ; la fois où, pour mes dix ans, il m'avait fait sécher les cours pour passer une journée en mer sur un bateau qu'il avait loué ; quand il m'avait laissé conduire la voiture sur la neige l'an dernier ; l'hiver de mes six ans durant lequel, après que je lui avais avoué que je ne croyais plus au père Noël, il m'avait demandé de faire semblant encore une fois pour maman ; le soir, il y a cinq ans déjà, où il m'avait raconté son coup de foudre pour maman et comment il avait passé trois jours et trois nuits au pied de son immeuble avant qu'elle accepte de dîner avec lui ; cet après-midi ensoleillé sur l'île de Ré, où il m'avait appris à faire du vélo ; la soirée de pluie durant laquelle il m'avait fait la morale parce que j'avais volé des boîtes de craies de couleur à l'école. Je me souvenais encore de ses mots : « Il n'y a qu'en étant honnête qu'on peut vraiment être heureux. Crois-moi, on ne profite jamais vraiment de ce qu'on a volé… »

Le sens intime de ces phrases m'a frappé de plein fouet ce matin-là, leur double sens aussi, alors que de noire, la mer était cette fois devenue bleu-vert. Et d'autres souvenirs me sont alors revenus, des détails oubliés que ces dernières heures éclairaient d'un jour nouveau. La fois où nous avions quitté notre lieu de vacances en catastrophe, prétendument à cause d'un ennui au travail, et où nous avions roulé toute la nuit sans un mot. Ces « missions » dont je n'ai jamais rien su mais qui éloignaient mon père de la maison parfois pour plus de deux semaines. Le fait qu'il ait toujours tout payé en liquide, avec de grosses coupures, alors que les autres parents faisaient des chèques et utilisaient des cartes de crédit. Ces nombreux coups de téléphone en pleine nuit, depuis toujours. Ces amis qui venaient dormir à la maison parfois quatre ou cinq jours d'affilée et dont je n'entendais plus jamais parler ensuite.

À l'évocation de ces souvenirs qui ne ressemblaient plus à ce qu'ils étaient encore il y a quelques jours, une amertume nouvelle est née en moi. Celle du mensonge, de la dissimulation, de la trahison.

Qu'avait été ma vie depuis tout ce temps ? En tout cas pas celle que j'avais crue, que j'avais vécue. Je pouvais dire que j'avais eu une enfance heureuse, mais à quel prix ? Avec quel argent mon père m'avait-il offert mes cadeaux d'anniversaire, mon premier vélo, ma montre, mon ordinateur, cette virée en mer le jour de mes dix ans ?

Un épouvantable sentiment de gâchis m'a étreint. C'était comme si ma vie était salie, mon passé, mes souvenirs. Depuis toujours, alors que je jouais dans le jardin de la cabane, que j'y nettoyais mes affaires de pêche ou ma planche à voile, des armes et de la drogue étaient-elles cachées dans le mur du fond ? Si mon père était celui que la police recherchait, l'homme de la fusillade de Marans, le bandit qui avait été blessé par la balle d'un policier, qui avait tué une passante en prenant la fuite, qu'avait-il fait par le passé, dont, sans le savoir, j'avais moi-même profité ?

Toutes ces réflexions étaient trop complexes pour moi, trop vertigineuses. J'aurais voulu que quelqu'un m'aide. J'aurais aimé pouvoir me confier, parler, crier, pleurer.

Mais j'étais seul sur cette plage, écœuré alors qu'une aube magnifique se dessinait sous mes yeux. Mes amis dormaient encore, Patricia aussi, à qui, je ne sais pas trop pourquoi, j'ai pensé alors.

La liste était vite parcourue : je n'avais pas grand monde dans ma vie à part mes parents. Seule ma grand-mère Lucie devait être éveillée, elle qui ne dormait que quatre heures par nuit depuis la mort de Papou.

J'ai cherché son numéro dans le répertoire de mon portable et j'ai appuyé sur appel.

Elle a décroché au bout de deux sonneries.

– Manou ? C'est Nicolas.

– Mon Nico ! Je me demandais qui pouvait appeler si tôt... Tu es où, là ?

– Sur l'île.

– Seul ?

– Oui.

– Un problème ?

Je n'ai pas répondu, incapable de trouver les mots pour dire l'énormité que j'avais à confier. Sentant mon embarras, Manou a enchaîné :

– Qu'est-ce que tu fais, en ce moment ?
– Rien. Je regarde le jour qui se lève sur la plage.
– C'est beau ?
– Oui.
– Tu veux me décrire ?
C'est pour ça que j'adore Manou, parce qu'elle sait toujours, sans trop en faire, comment se comporter avec moi. Elle acceptait ce coup de téléphone pour ce qu'il était, sans chercher à me guider ailleurs. Elle ne m'avait jamais traité comme un enfant, mais toujours, depuis mon plus jeune âge, telle une personne à part entière.
– Le ciel est bleu très pâle derrière La Pallice, j'ai dit en relevant la tête, avec quelques nuages bordés de rose. Il y a un cargo à quai, à contre-jour. À ma droite, le ciel est beaucoup plus sombre, et il y a des étoiles qui brillent encore. La mer est très calme, haute, mais la marée a commencé à baisser. Il y a deux mouettes qui volent très haut, et d'autres posées sur le sable, à une trentaine de mètres de moi…
J'ai fait une pause, la gorge serrée, puis j'ai dit :
– Manou ?…
– Je suis là, Nico.

– Manou, je…

Et j'ai fondu en larmes.

Ma grand-mère n'a rien dit mais elle est restée silencieuse à l'autre bout de la ligne. Elle savait que j'avais besoin de pleurer, et alors que n'importe quel autre adulte à sa place aurait essayé de me consoler, de me prouver qu'en vérité je n'avais pas de raison d'être triste quoi qu'il se soit passé, elle a respecté mon chagrin, ne m'a posé aucune question et s'est contentée d'être là, avec moi malgré les kilomètres. Exactement ce dont j'avais besoin.

J'ai sangloté comme un gosse, longtemps, en tremblant. Puis je me suis repris.

– T'es encore là, Manou ?

– Bien sûr, mon chéri. Ça va mieux ?

– Oui.

– Il fait jour maintenant ?

– Presque. Le soleil n'est pas encore sorti tout à fait mais le ciel est orange derrière la ville.

– J'aimerais être avec toi, tu sais.

– Oui, je sais. Mais ça va, maintenant… Je vais raccrocher, ça va mieux.

– Tu sais que tu peux m'appeler quand tu veux, Nico ?

– Oui, Manou.

– Si un jour tu veux me dire, tu n'hésites pas.

– Non. Promis.

Nous avons raccroché, et je me suis levé. Je me sentais plus calme. Apaisé.

Le soleil est brusquement sorti à l'est et une lumière orangée a étiré des ombres sur le sol. Sans réfléchir, j'ai commencé à me déshabiller. J'avais envie de sentir la mer sur ma peau, de rentrer dans l'eau, de nager. De me laver de tout.

Entièrement nu, j'ai marché sur le sable frais et suis rentré dans l'eau sans m'arrêter. Je m'étais déjà baigné sur l'île plus tard dans la saison, jusqu'aux vacances de la Toussaint, mais jamais si tôt le matin. La mer m'a semblé glacée et j'ai mis du temps à m'y habituer. J'ai nagé loin, longtemps, puis je me suis mis sur le dos, les bras en croix. Je me suis laissé flotter un moment, léger, ballotté par le faible clapotis, à regarder le ciel traversé de fines traînées d'avions. Puis j'ai fermé les yeux en rêvant que j'étais à bord de l'un d'eux, en partance pour ailleurs. N'importe où, mais ailleurs.

7

J'avais beaucoup dérivé quand j'ai rouvert les yeux et j'ai dû nager longtemps pour regagner la plage.

Une femme y faisait son jogging et elle a eu l'air très étonnée de me voir sortir de l'eau. J'ai frissonné et me suis vite séché avec mon tee-shirt. Puis je me suis rhabillé, mon pull à même la peau.

Je ne ressentais plus rien.

Sans doute tout mon chagrin, ma honte, mon dégoût étaient-ils provisoirement consommés. Tout cela était tellement énorme. Tellement trop gros pour moi…

Je me suis simplement, égoïstement, demandé ce que j'allais faire, maintenant. C'était samedi, je n'avais pas cours, et je n'avais pas du tout envie de rentrer à la maison où devait se trouver mon père. Comment reprendre une vie normale après ce que j'avais découvert ? Je me voyais mal, désormais, regarder un film à la télé avec lui, partager la table du petit déjeuner comme si de rien n'était, parler du lycée, lui demander le soir s'il avait passé une bonne journée.

Je ne voyais pas comment j'allais pouvoir continuer à vivre, tout simplement.

Et brutalement, j'ai pensé à ma mère. Au danger qu'elle courait sans le savoir.

Où était-elle à cette heure ? Rentrée à la maison, s'inquiétant sans doute de ne pas m'y trouver ? Avec mon père ? Cet homme qui n'était pas celui que nous croyions depuis toujours ?

J'ai pris mon téléphone pour l'appeler sur son portable. Elle a décroché aussitôt :

– Nico ? Mais où tu es ? Qu'est-ce que tu fais dehors ? Je me suis…

Sa voix était fébrile, mais beaucoup moins que la mienne quand je l'ai interrompue :

– MAMAN ! PAPA A UNE ARME. J'AI VU SON PISTOLET ! Il y en a d'autres à la cabane, des billets aussi. Plein de billets ! C'est papa que recherchent les flics ! C'est lui le fuyard de Marans, tu…

– Calme-toi, Nicolas. Calme-toi…

– Il y a de la drogue, aussi. Plein un sac-poubelle, et…

– Nico, mon chéri. Écoute-moi. Il faut que tu te calmes et que tu rentres à la maison. Nous allons parler. Tu m'entends, Nico ? Rentre à la maison. Ton père est le même que celui qu'il a toujours été… Tout va bien…

J'ai raccroché.

Je crois que mon cœur s'est arrêté de battre un court instant, comme un hoquet. J'avais mal dans la poitrine et l'air me manquait. Mon portable a sonné. C'était maman et je n'ai pas décroché. Je l'ai éteint.

Quel idiot j'avais été de m'inquiéter pour elle. Comment avais-je pu un seul instant imaginer qu'elle ne connaissait pas l'homme avec qui elle partageait sa vie, avec qui elle s'était mariée, dont elle avait eu un fils ? Bien sûr elle savait tout. Bien sûr elle était sa complice.

Le soleil a fait son chemin dans le ciel. Les ombres se sont inversées.

J'ai fini par me relever. Il était 16 h 43 à ma montre.

J'ai repris mon vélo, et le chemin de la maison.

Je n'avais nulle part ailleurs où aller. J'avais faim, j'avais froid, j'avais peur.

J'ai vu de loin la voiture de police.

Quand je suis entré, cinq visages se sont tournés vers moi. Celui de mon père qui était assis à la table de la salle à manger. Celui de ma mère qui se tenait debout, livide. Ceux de deux hommes et une femme que je ne connaissais pas.

Maman s'est précipitée et m'a dit à voix basse, les mâchoires serrées :

– Ne me refais jamais ça, Nico ! Mais où t'étais ?

– Qu'est-ce qui se passe ? j'ai demandé.

– Rien. Je t'expliquerai plus tard. Monte dans ta chambre. Allez file !...

J'ai gravi la moitié de l'escalier puis je me suis arrêté pour écouter ce que disait la femme inconnue qui s'adressait à mon père :

– Reprenons, monsieur Vergeau. Vous n'avez donc pas revu Franck Briand depuis...

– Le lycée. On devait avoir dix-sept ans quand on s'est perdus de vue.

– Et vous ne connaissez pas non plus Marc Fernet ?

– Jamais entendu parler.

– Où étiez-vous, jeudi dernier, à 14 h 15 ?

– Ici. Je ne me sentais pas bien, et j'ai demandé à partir du bureau plus tôt. Vous pouvez vérifier auprès de mes collaborateurs.

– Nous le ferons. Vous étiez seul à la maison, ou une personne pourrait-elle confirmer vos dires ?...

Mon père a hésité. Il avait une voix épouvantable, faussement détendue mais dans laquelle, moi qui le connaissais si bien, j'avais perçu une profonde panique.

C'est là que ça s'est joué. À cet instant précis.

Je n'ai pas réfléchi. Ou plutôt mon cerveau a été plus vite que moi. Ou mon cœur. J'ai descendu cinq marches et j'ai dit :

– Moi.

Tout le monde s'est à nouveau tourné de mon côté.

– Moi, j'étais là, j'ai continué. Je n'avais pas rugby, et je suis rentré après la cantine. J'étais là quand papa est arrivé à 14 heures.

Il y a eu un moment de silence, puis l'inspectrice ou la commissaire, je ne sais pas comment on doit l'appeler, m'a dit :

– Et vous êtes ?

– Nicolas Vergeau.

– Le fils de…
– Oui.
J'ai bien vu qu'elle ne me prenait pas au sérieux, alors j'ai ajouté :
– Mais j'étais pas seul ! Une autre personne peut vous confirmer que papa était bien là.
– Qui ?
– Patricia Faudet. Ma… Ma copine, quoi ! Même que papa nous a surpris alors que… Enfin vous comprenez.
– Je crois, oui.

Voilà.
C'était fait.
C'était dit.
Mes jambes tremblaient, et j'ai à peine entendu la voix de la femme me disant qu'il faudrait que je vienne signer une déposition au commissariat. J'ai fait demi-tour et je suis remonté dans ma chambre, abasourdi.
J'ai pris mon portable et, écœuré par moi-même, j'ai envoyé un SMS à Patricia :

> Jeudi dernier, si on te demande, dis qu'on était ensemble à 14 h, chez moi, et que mon père nous a surpris.

Je t'en prie, c'est très important.

Je t'expliquerai plus tard.

Fais-le si tu m'aimes.

NICO

Épilogue

Neuf mois ont passé.

Je termine mon année scolaire au lycée Jehan-de-Beauce de Chartres. Je passe de justesse en première.

J'habite à Maintenon, chez Manou.

Elle savait pour mon père, son fils. Elle savait pour ma mère. C'est en apprenant la nature de leurs activités, dix-neuf ans plus tôt, qu'elle et Papou avaient quitté La Rochelle.

Mes parents ne voulaient pas que je parte, ils m'ont supplié de rester, d'essayer de continuer à vivre comme avant. Mais c'était impensable pour moi, au-dessus de mes forces, de mes nerfs. Je ne voulais plus dépendre d'eux, de leur argent sale, que ce que leur rapportait la drogue, ou je ne sais quelles autres combines, paye mes études, mes vêtements, mes loisirs. Ma mascarade de bonheur.

Mon père m'a demandé pardon le jour où j'ai déménagé. « Pardon pour tout », il a dit. Ma mère a beaucoup pleuré. Moi aussi.

Je n'arrive pas à les comprendre, à associer qui ils étaient et qui ils sont devenus pour moi. Ces parents affectueux qui avaient toujours tenu à ce que je reçoive le meilleur enseignement possible, catéchisme compris, et ces étrangers qui vivaient du vol, du trafic de drogue et du crime. Pourquoi le catéchisme ? Pourquoi vouloir me donner un sens moral alors qu'eux n'en ont aucun ? Tu ne voleras pas ? Tu ne tueras pas ?... À quoi bon ?

Je ne sais plus quoi penser, quoi croire, qui croire. Je ne veux plus penser.

La mer me manque, La Rochelle et mes parents aussi.

Vont-ils changer de vie ? Mon départ servira-t-il au moins à les faire réfléchir ? Je n'en sais rien. Ils m'écrivent chaque semaine depuis mon départ mais je n'ai pas ouvert une seule de leurs lettres. Et je n'ai répondu à aucune. De mon passé, je n'ai gardé de contacts qu'avec Patricia. Nous nous écrivons beaucoup, nous nous téléphonons parfois.

Comme moi, elle est allée faire sa déposition au commissariat de La Rochelle. Elle a été parfaite, très convaincante. Et si je me sens encore coupable de l'avoir utilisée, d'avoir abusé de son amour pour moi, ce n'est pas pour cela que je réponds à ses courriers, que je lui écris régulièrement. C'est autre chose, que je ne suis pas sûr d'avoir encore le courage de nommer, mais qui grandit vite en moi et m'aide à croire en demain.

Je ne sais pas si mon mensonge a vraiment influé sur l'enquête. J'en doute, même. Le témoignage d'un proche, d'un parent, surtout mineur, ne doit pas beaucoup compter pour la police. Mes parents ont certainement trouvé depuis un bien meilleur alibi.

Ce n'est pas ce qui compte. Seul importe que je l'aie fait, que j'aie menti à la police, que je me sois interposé entre la vérité et mes parents. J'y pense souvent. Tout le temps. Je pense au policier abattu, à la passante tuée par la voiture de mon père, à la drogue.

Bien sûr que je me sens coupable ! Bien sûr que je suis mal ! Mais c'étaient mes parents, mon père, ma mère… Ils avaient toujours été de bons parents, qui m'aimaient, que j'aimais ! Ils avaient toujours été ma vie !

C'est facile de m'accabler, mais honnêtement, sincèrement, vous auriez fait quoi, à ma place ?

AUTRES TITRES DE MIKAËL OLLIVIER

Frères de sang

« C'était comme dans un film. C'est ça : comme si j'étais spectateur, et pas acteur, de ce qu'il m'arrivait. C'était tellement impensable qu'une chose pareille se passe chez nous !
On était en train de dîner : lasagnes aux légumes du traiteur italien, mon plat préféré de l'époque. Pour une fois, papa et maman étaient là tous les deux. On sonne et tout le monde se regarde, genre : « Qui peut bien nous déranger à cette heure tardive ? » On est habitués à être interrompus, mais c'est toujours le biper de papa ou le portable de maman, jamais la sonnette de la porte ! Mon père va ouvrir, on entend des voix, et il revient blanc comme un linge, avec trois types dont un en uniforme de policier. Il avait son talkie-walkie qui crachotait, et par la porte ouverte on voyait la lumière des gyrophares de leur voiture. J'ai tout de suite senti une boule se former dans mon ventre. Papa avait un papier à la main qu'il a tendu à maman. Elle s'est levée et l'a lu. Et puis elle a demandé aux flics si c'était une blague. « Non, madame », a répondu le plus vieux des trois. Pas grand mais plutôt baraqué, avec les cheveux gris coupés en brosse, le front plissé de grosses rides, les sourcils broussailleux, les yeux bleu clair et un nez très épais, il n'avait vraiment pas une tête à faire des blagues. Papa a dit « j'appelle André », et il s'est dirigé vers le téléphone. André, c'est l'avocat de papa et maman. Un ami de la famille avec qui on fait du bateau, l'été, en Bretagne. Le vieux flic a posé les yeux sur moi, puis il a fixé mon frère. Il lui a demandé s'il s'appelait bien Brice Lemeunier, et quand mon frère, très étonné, a dit oui, le flic lui a répliqué qu'il allait falloir le suivre. Maman a crié, papa s'est fâché, mais il s'est tu quand il a enfin eu notre avocat au téléphone. André a voulu parler aux policiers. Maman a commencé à pleurer, et moi, j'avais le cœur qui battait à cent à l'heure. D'instinct, je savais qu'une catastrophe se préparait. »

(Extrait du chapitre 1)

Tu ne sais rien de l'amour

« *Le cliquetis. Régulier, de plus en plus fort.*
Il approche.
Fuir est inutile. La peur me paralyse. Ce bruit de griffes sur le carrelage me tétanise. Je voudrais disparaître. Qu'il disparaisse. Je ferme les yeux.
Déjà je perçois son halètement.
Je sens la chaleur de son corps. De son souffle.
Il est sur moi.
Je voudrais crier, mais aucun son ne sort de ma bouche grande ouverte.

Je me réveille d'un coup, une aspiration brutale qui m'arrache au sommeil.
Je suis assis dans mon lit. Mes yeux s'habituent à l'obscurité du studio. J'entends la ville, dehors, qui bruisse encore, qui jamais ne s'arrête tout à fait. Un ressac urbain qui me rassure.
Je n'avais plus fait le rêve du chien noir depuis neuf ans.
Pourquoi cette nuit ? Pourquoi ce retour soudain d'un songe qui m'a terrifié une partie de mon enfance ?
Je n'ai pas peur aujourd'hui. Mon cœur ne cogne pas dans ma poitrine comme avant, quand je me retrouvais essoufflé et glacé de sueur au milieu de la nuit. Je suis simplement étonné.
Pourquoi le chien est-il revenu me voir en rêve ?
Je me lève, je vais boire un verre d'eau à l'évier. Je regarde Strasbourg depuis mon septième étage. »

(Extrait du chapitre 1)

Star-crossed lovers

« Ça nous est tombé dessus sans prévenir.
C'était mes dix-sept ans, et papa et maman avaient pris leur journée en RTT. Avec mes trois sœurs, Laura, Alicia et Jessica, on décorait la salle à manger de papier crépon découpé en guirlandes. Cette habitude datait de mon enfance, mais on l'avait gardée même si on était devenues grandes. Enfin si j'étais devenue grande… parce que Laura n'avait que quatorze ans, Alicia treize, et Jess huit. Chez nous, les anniversaires, les fêtes, Noël, tout ça, c'était sacré. Ma grand-mère paternelle disait toujours : « La vie c't'une telle garce qu'il faut lui faire les poches du peu d'bon temps qu'elle a d'réserve ! » Faut dire que ma grand-mère, elle avait pas dû rigoler souvent, dans son minuscule deux pièces-cuisine, avec ses cinq enfants et seulement le salaire de son mari qui rentrait chaque jour un peu plus fatigué et de mauvaise humeur de l'usine. Au moins, nous sept (papi vivait à la maison depuis la mort de mamie) on avait à notre disposition les 110 m^2 du pavillon modèle Colorado que mes parents auraient fini de rembourser cinq ans après leur retraite.
Bien sûr, j'avais prévu de célébrer mon anniversaire avec la bande le samedi suivant, mais, en attendant, ce mercredi-là, on se préparait à faire la fête en famille, et une douce odeur de gâteau au chocolat s'échappait de la cuisine. Pépé et mémé, les parents de maman, étaient arrivés les premiers, à 18 heures, quelques minutes avant mon oncle Patrick qui était venu directement de l'usine puisque Sophie, sa femme, ne pouvait pas se joindre à nous. Ma tante Marie est arrivée ensuite, puis mon oncle Pierre avec sa femme Aline, et enfin tonton Jacques.
À la forme du paquet habilement caché depuis une semaine dans le placard sous l'escalier, j'avais deviné ce qu'était mon cadeau, et je ne tenais plus en place tellement ça me démangeait de l'ouvrir. La maison résonnait des voix et des rires de toute la famille, et on a bien failli ne pas entendre le téléphone sonner. C'est papa qui a décroché, et maman qui, la première, a compris que quelque chose de grave se passait. Quand j'ai vu sa tête s'allonger subitement, je me suis tue, et ainsi, un par un, comme gagnés par un virus, on a arrêté de parler, si bien que la voix de papa a sonné bizarrement dans le silence :
– C'est pas possible… »

(Extrait du chapitre 1)

Le Monde dans la main

« Ikea, c'est drôle au début.
C'est comme entrer dans une maison de poupée. On imagine un géant, façon Gulliver, allongé sur la moquette, les pieds croisés au-dessus des fesses, dont le regard passe d'une pièce à l'autre, et qui fait bouger les figurines et les meubles avec ses mains trop grosses. Ce jour-là, les personnages, c'étaient moi, mon père et ma mère. Et la grosse main aux doigts boudinés du destin nous a déplacés d'une façon inattendue.
C'était un samedi. J'avais seize ans. Presque. À un jour près. Je suis né pour la galette des rois. C'était moi la fève.
Ikea, enfin, ce qu'on était venus y chercher, c'était mon cadeau d'anniversaire, que l'on devait fêter le lendemain. J'espérais bien que ce n'était pas le seul, parce que les meubles, c'est comme les vêtements, c'est trop sérieux, trop utile, ça fait pas cadeau parce qu'on se dit que de toute façon, anniversaire ou pas, il aurait bien fallu les acheter un jour. Déjà qu'avoir son anniversaire près de Noël ce n'est pas l'idéal, sans compter que les bougies sur la galette des rois ça fait ridicule et qu'une fois sur deux, on devine où est la fève en les plantant dessus. Mais donc, le « gros » cadeau, c'étaient de nouveaux meubles pour ma chambre. J'en avais marre de mon bureau d'enfant, du banc qui faisait coffre à jouets et dont le bois était poli par le postérieur de mes ancêtres, du lit avec des montants en fer dont mes pieds dépassaient, qui avait appartenu à ma mère quand elle était petite, et à sa mère avant elle. On venait m'acheter des meubles vraiment à moi. »

(Extrait du chapitre 1)

Tout doit disparaître

« Sur place, j'ai détesté Mayotte. Surtout, je n'ai rien compris à cette île. Et il a fallu que je la quitte pour me rendre compte combien elle m'avait changé. En bien, je crois, même si tout le monde, ou presque, pense le contraire.

J'étais en CM2 quand mes parents m'ont annoncé qu'on allait s'installer là-bas pour deux ou quatre ans.

Je me souviens qu'ils nous ont montré, à moi et à Lydie, ma petite sœur, où c'était sur le globe terrestre lumineux qui nous avait toujours servi de veilleuse la nuit : un point, minuscule, entre Madagascar et l'Afrique. C'est sur Internet que j'ai trouvé quelques informations supplémentaires : Mayotte, Collectivité départementale française d'un peu plus de 165 000 habitants, d'une surface de 374 km2, composée de deux îles, Petite-Terre et Grande-Terre, entourées du plus grand lagon du monde. Sur les rares sites que j'ai trouvés, il n'y avait que des photos de palmiers et de baobabs, de plages au sable marron foncé, de fleurs exotiques, de centaines de sortes de poissons de toutes les couleurs et de tortues de mer. Un paradis sur Terre. Rien à voir avec ce que j'ai trouvé sept mois plus tard en débarquant à l'aéroport de Pamandzi après quatorze heures de vol. »

(Extrait du chapitre 1)

La Vie, en gros

« La seule chose de bien dans les visites médicales, au bahut, c'est que ça fait manquer un cours. Moi, c'était un mardi, à 10 heures, à la place de la physique.

À 10 h 10, j'attendais toujours dans le couloir en pensant à Metzger qui devait être en train de postillonner au tableau. Ça me faisait drôle d'être là tout seul dans le couloir à attendre mon tour pendant que le reste de la classe était en cours. C'était un peu de liberté volée, comme quand on est malade et qu'en restant à la maison on se rend compte que le monde continue de tourner en dehors du collège. Par une fenêtre je pouvais voir un bout de ciel bleu dans lequel défilaient des nuages et, avec un petit pincement au cœur, je me suis demandé à quoi devait ressembler le ciel au même moment au-dessus de la pointe du Moulinet, à Dinard. On y allait tous les étés, mes parents et moi, et je suis dingue de ce pays, la Bretagne. C'est là que j'ai mon grand projet pour plus tard. Au bout de la pointe du Moulinet, il y a une maison qui donne sur la mer, presque un château, avec en face l'île de Cézembre et à droite les remparts de Saint-Malo. Mon idée c'est d'acheter la maison et d'en faire un hôtel-restaurant. Une fois, j'en avais parlé à une conseillère d'éducation et sur son dossier, elle avait marqué *cuisinier*. En fait, c'est beaucoup plus que ça : bien sûr que je serai cuisinier, mais ce que je veux, surtout, c'est donner du bonheur aux gens. Peu de clients, juste une dizaine, mais dont je m'occuperais du petit déjeuner au dîner. Ils auraient tous une chambre avec vue sur mer, la vue que je rêve d'avoir depuis que je suis tout petit, et moi je passerais mes journées à leur préparer des petits plats. Même, j'organiserais des sorties en mer et le soir je leur préparerais les poissons qu'ils auraient pêchés eux-mêmes le matin de bonne heure. Avec mon père, on connaît bien la baie et tous les bons coins. Par exemple, pour le bar, c'est juste au début de la marée montante, au rocher du… et puis non, c'est un secret de pêcheurs, ça se dit pas. »

(Extrait du chapitre 1)

E-den, avec Raymond Clarinard

« Comme tous les matins, le ciel d'un bleu parfait s'étend au-dessus des collines d'Evergreen et de la Whale Bay, la baie des Baleines. Et comme tous les matins, Mel se tient sur la terrasse du dernier étage de leur maison. Car même s'il est encore un peu tôt, elle ne voudrait manquer le spectacle pour rien au monde.

Sur la gauche, les hauteurs verdoyantes partent à l'infini, parsemées d'autres demeures qui dominent la baie. Sur la droite, une route serpente jusqu'à la ville que Mel ne peut pas voir depuis la terrasse.

Le vent, doux et chaud, se lève, poussant devant lui un vol paisible d'oies sauvages qui décrivent un grand cercle au-dessus de la mer avant de filer vers l'intérieur des terres. Accoudée à la rambarde, la jeune fille prend une profonde inspiration, goûtant l'air légèrement salin mélangé au parfum des sous-bois.

Au large, vert et doré, le petit archipel des Funny Islands somnole sous le soleil. Le parc d'attractions qui s'étale sur les îles et les ponts qui les relient ne sont pas encore ouverts. La nuit, au plus fort de son activité, Mel adore en contempler les jeux de lumière sur la baie. Mais le matin, c'est autre chose qu'elle attend. Une chose qui ne va plus tarder.

La jeune fille n'a pas encore pris son petit déjeuner, mais elle sait que sa mère se chargera de le lui préparer dès son retour de la ville. Elle peut donc rester tranquillement sur sa terrasse à admirer la mer. Tout à l'heure, elle ira peut-être se baigner sur leur plage privée, située en contrebas, où sa mère la rejoindra avec un pique-nique. Puis elles iront ensemble faire les boutiques. Sa mère adore ça. Ensuite, soirée cinéma et papotage…

Un long sifflement aigu monte soudain de la baie et le coeur de Mel fait un petit bond de plaisir. Elles arrivent, ponctuelles chaque matin, venant chanter pour elle.

Ce ne sont d'abord que des sillages, à peine des ombres sous la surface. Mel les compte. Cinq aujourd'hui. Elles sont parfois plus, parfois moins, mais toujours là à la même heure. Alors, un premier dos émerge lentement des eaux calmes, scintillant de gouttelettes, avant de replonger. Puis un autre, et encore un autre… Le ballet commence. »

(Extrait du prologue)

Papa est à la maison

« C'était un lundi, juste après les vacances de Noël. Je m'en souviens parce qu'on avait eu des maths l'après-midi et que les maths c'est ce que je déteste le plus au monde. En plus, le midi, à la cantine, c'était jour du chou-fleur… Et on s'étonne que le lundi soit le jour le plus nul de la semaine ! Ce lundi-là, donc, la sortie a enfin sonné et j'ai couru pour être dehors devant ce crétin de Valentin. J'ai gagné, et au passage, je lui ai donné un bon coup de cartable. Dès que j'ai été dans la cour, je l'ai vu de l'autre côté de la grille : papa, avec sa tête plus grande que toutes celles des mamans.

Papa était venu me chercher à l'école.

J'ai même pas vu que Valentin avait gagné la deuxième manche en passant la grille en premier et j'ai sauté dans les bras de papa. J'ai serré très fort et lui aussi. Il faut dire que papa qui venait me chercher à l'école, c'était une première !

Mon père, il était pas du genre à aider aux devoirs, à accompagner à la danse ou à jouer avant le dîner. À la maison, le carnet, c'était maman qui le signait, et la sortie de l'école, c'était pour Mme Lemarchand…

des fois maman, le samedi, mais jamais papa. C'est pas qu'il n'était pas gentil, papa ! Jamais il criait ni rien… d'ailleurs il était pas du genre à parler beaucoup, alors crier, encore moins. Juste, il se levait tôt pour aller au travail et quand il rentrait le soir, il était fatigué.

Ce jour-là, après l'école, il m'a serrée si fort que j'en ai eu des frissons partout dans le dos. Je l'ai embrassé sur le menton et on aurait dit qu'il avait les yeux mouillés. Mais j'ai dû me faire des idées parce que papa, c'est pas le genre à avoir des larmes. Il m'a reposée par terre et je lui ai pris la main. »

(Extrait du chapitre 1)

DÉCOUVREZ LES NOUVELLES ÉDITIONS DES ROMANS PHARES DE MIKAËL OLLIVIER

ISBN 979-10-352-0196-8

ISBN 979-10-352-0197-5

ISBN 979-10-352-0193-7

ISBN 979-10-352-0195-1

ISBN 979-10-352-0194-4

ISBN 979-10-352-0234-7

ISBN 979-10-352-0343-6

ISBN 979-10-352-0354-2

8€

CET OUVRAGE A ÉTÉ ACHEVÉ D'IMPRIMER
SANS FAUX TÉMOIGNAGE POUR LE COMPTE
DES ÉDITIONS THIERRY MAGNIER
PAR L'IMPRIMERIE FLOCH À MAYENNE EN NOVEMBRE 2023
DÉPÔT LÉGAL : NOVEMBRE 2023 (3e ÉDITION)
N° D'IMPRESSION : 103795

IMPRIMÉ EN FRANCE

UN LIVRE A
LE MÊME PRIX
PARTOUT